じごく小学校

わるい子通信

みなさん、「じごく小学校」を
ごぞんじですか？
じごく世界にある「じごく小学校」。
そこは、いたずらしたり、わるいことをしたりすると、ほめられる
という世にもすてきな小学校です。
今日も、たくさんの子どもたちがいずれりっぱなじごくの門番に
なるために、元気いっぱいわるいことをしています。

ある日のこと、校長先生は人間世界でいたずらの天才、板図良強を
みつけました。
板図良強こそ、じごく小学校で勉強するべき子だと思ったのです。
そこで、書いたいたずらがなんでもほんとうになる「いたずらペン」
を渡しました。
でも、そのペンは1日3回使うと、じごく小学校に来なければ
いけなくなるのです。
はたして、板図良強はペンを3回使って
しまうのでしょうか……。

くわしく知りたい人は、
1、2巻も読んでね！

じごく小学校

有田奈央・作

安楽雅志・絵

いつの世も帰るまでが遠足です!?

いたずらが大好きなみなさん。
もし、こんな学校があったら、どうしますか？

ポプラ社

ぼくは4年2組の板図良強。
今日は、朝からにぎやかだった。
「ええっ!? 何これ!」

「いたずライオン、見て。お母さんのあの顔」

「強くん、おもしろいね」

朝ごはんは、かけうどんだった。

「うん、おいしい」

食べ終えて、家を出た。

「行ってきまーす」

3

学校に行くとちゅうで、声をかけられた。

「板図良さん、おはよう」

ふり向くと……、

ルリちゃんがいた。

5

ルリちゃんは、この間、じごく小学校からぼくの

通う、不通小学校に転校してきた子だ。

みんなにはないしょだけれど、オニの子なんだ。

「ルリちゃん、おはよう」

その時だ。

「おーい」

向こうから、だれかが走ってきた。

あ！
おじいちゃん

え、
おじいちゃん？

そうだ。ルリちゃんは、人間世界にいる
おじいちゃんの家に住んでいるのだった。
「ルリ、ほれ。体そう着をわすれておるぞ」
「本当だ。ありがとう」

7

それからルリちゃんのおじいちゃんは、
ぼくの方を見た。
「きみは、板図良強さんだな。ルリから話は聞いて
おるぞ。よろしく」
「は、はいっ」
突然のことで、思わず声がうわずった。

「じゃ、おじいちゃん。行ってくるね」

「行ってらっしゃい、ルリ。くれぐれもいい子に

なるんじゃないぞ。いたずらっ子は一日にして

ならず、だからな」

「うん」

キンコーン、カンコーン。

学校に着いてからも、ぼくとルリちゃんは

おしゃべりをしていた。

「ねぇ、ルリちゃんのおじいちゃんもやっぱり

オニになるの？」

「ふふ、どうかしらね。それより板図良さん、

今日は、もういたずらペンを使った？」

「今日は、朝１回使ったよ」

「そうなんだ！　早くあと２回使ったら？

そうしたらじごく小学校に連れて行くから」

　ルリちゃんがいたずらっぽく笑った。

「やだよ！」

そう。いたずらペンを1日に3回使って
しまったら、校長先生の所へ行く約束だ。

「強くん、使っちゃえ、使っちゃえ〜」

いたずライオンまで、そんなことを言い出した。

「シッ、いたずライオン。声が大きいよ！」

じごく小学校も校長先生も、大変だし、

おっかないから行きたくない。

「ちょっと、そこの二人！　もうチャイム
鳴ったよ。早く席について」
不座毛てるよさんに注意された。

「おはようございます。みんな、明日はいよいよ
遠足です。今日は、くじ引きで５つのグループに
分けますよ。遠足ではグループごとに行動して
くださいね」

「はーい」

ぼくも、遠足をずっと楽しみにしていた。

遠足で行く場所が、動物園だからだ。

もう一か月も前からワクワクしている。

「わたしＢグループだったよ。板図良さんは？」

くじを引いたルリちゃんが聞いてきた。

「あ、ぼくもＢグループだよ」

「やった！　板図良さんといっしょだ」

ルリちゃんが喜んでいると、てるよちゃんが

やってきた。

「ねぇ、ルリちゃん。わたしＣグループになったん
だけど、Ｂグループとかわってくれないかな？」

「えー、イヤよ。どうして？」

「そこを何とか、お願いっ！　わたしどうしても
強くんと同じグループがいいの！」

「イヤよ。ぜったいに、おことわり！」

「何よ。ケチ！」

「強くん、オイラも動物園に連れて行ってくれる？
オイラ、本物のライオンを見てみたいんだ。
ライオンいるよね？」
　いたずライオンがこっそり聞いてきた。
「もちろんだよ。そのかわり……

みんなの前で

しゃべったら

ダメだよ」

「うん、わかった」

遠足の日が、待ちどおしい。

大好きな図工の時間になった。

今日は、ねんどで、自分の好きな物を作る授業だ。

クラスのみんなが作った作品は、後ろのロッカーの上にそれぞれならべられた。

クイズ 強さんがこれから作るものは何？

① あいつ

③ ホワイトタイガー

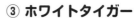

② うちゅう人

④ おばけ

答え

③ホワイトタイガー

「わー。板図良さん、

すごく上手ね」

20

「へへっ、ありがとう。ねんど工作は家でも
やっているから得意なんだ。ぼくもこれ、
すごく気に入っているよ。

ルリちゃんは
何を作ったの？」

「これよ」

「へ、へぇ。はく力あるね……」

「うふふ」

「やだー。何これ。ルリちゃんが作ったの？
不気味だよ。ゆめに出てきそう」
　てるよちゃんがやってきて指さした。

「そうよ。不気味だからいいんじゃない」
　ルリちゃんは、得意げだ。
「もっとかわいい物を作ったら？　ほら、見て、
強くん。わたしはこれを作ったよ」

キューティー

「ふーん。もっとかわいくしてあげる」

　ルリちゃんは、そう言って、てるよちゃんの

ねんどをとりあげた。

　「ちょっと、ルリちゃん。何するの！

ひどいじゃないっ！」

　「そう？　こっちの方がかわいいよ」

「二人とも、静かにして」

玉仁良人さんが二人の間に入った。

ぼくとはクラスで一番の仲良しだ。

よっちゃんとよんでいる。

　ぼくと、よっちゃんと、てるよちゃんは、

ようち園のころからのおさななじみだ。

「ルリちゃんが、てるよちゃんのねんどに勝手に
色をぬったのもいけないけど、てるよちゃんも
ダメだよ。ルリちゃんの作ったねんどを
悪く言ったじゃないか」

「だって……」

「てるよちゃん。ねんどはもう一度上から絵の具を
ぬり直せば元にもどるよ。ほら」

「ありがとう、強くん」

「てるよちゃん、ようち園のころは、おとなしい子
だったのに、何だか変わったね」

　ぼくは、よっちゃんに、こっそり言った。

「うん。でも、強くんといっしょに時々ふざける
ようになって、てるよちゃんすごく楽しそうだよ」

「へぇ、そうかな」

「うん」

きゅうけい時間の時のことだ。

「レアナニニオ！」

だれもいない校舎のうらで、不思議な声が
ひびいた。ルリちゃんがオニに変身していた。
あの声は、ルリちゃんがオニに変身するときの
じゅもんだったのだ。

オニになったルリちゃんは、まどにうつった
校長先生と、何やら話をしていた。

　ところが、だれもいないはずの校舎のうらを
ぐうぜん通りかかった、てるよちゃんに見られて
しまったのだ。

てるよちゃんが、青い顔をして、ぼくの所に
やってきた。

「ちょっと、強くん！
おどろかずに聞いてくれる？　わたし見ちゃったよ」
「見たって、何を？」
「ルリちゃんが、オニに変身するところを見たの！」
「えっ、ルリちゃんがオニに変身？　まさか……」
ぼくは、ごまかした。

「本当だよ。しかもまどに向かってだれかと話を
していたの。それが何か、よく見えなかったけれど」
「見間ちがいじゃないの？」
「ううん、絶対そんなことない。この目で、
たしかにオニに変身するところを見たもの」
　そこにルリちゃんがやってきた。
「何の話をしているの？」

「わ、オニ！　人間にもどってる!!」
「何よ、きゅうに！」
「ルリちゃん、もう1回ツノを出して」
「ちょっと、何するの」

「オニ〜！」

「ルリちゃん、オニに変身するところを、
てるよちゃんに見られちゃったみたいだよ」
「いけない。ヒミツなのに。これからは
気をつけるよ」
　ルリちゃんは
かたをすくめた。

「それより、ルリちゃん、やっぱりオニに
なるんだね。変身って、いつでもできるの？」
「じゅもんをとなえたら
できるよ」
「そうなんだ」

オニはやっぱりこわい。

わかってはいるけれど…

「鏡とか、まどとか、水たまりみたいにすがたが
うつるものを使うと、じごく世界にいる校長先生と
お話ができるの。その時は、オニに変身しなくちゃ
いけないきまりで」

「へぇ」

それからというもの、てるよちゃんは、
「ルリちゃんの正体をあばいてやる」と言って、
ルリちゃんにずっとついてまわるようになった。

ろうかは静かに走ろうか

ろうかで……

手あらい場で……

36

図書室で……

そして、トイレでも……

「ちょっと、てるよちゃん。いいかげん、
つきまとうのをやめてくれる？」
「ルリちゃんこそ、正体を明かしなさいよ。
オニは〜外、福は〜内！」

「やめて、今日は節分じゃないよ。豆はきらい」

「やっぱり！　オニなんだ」

ルリちゃんが、ぼくの所にやってきた。

「ねぇ、板図良さん。てるよちゃん、どうにか

ならないかな。ずっと見はっていて、

トイレにもついてくるの」

「ぼくから注意してみるよ」

「板図良さん、お願いね」

　ぼくは、ルリちゃんが困っていることを伝えて、

てるよちゃんを説得しようとした。

　でも、てるよちゃんは、聞く耳をもたない。

「どうしよう、板図良さん」

ルリちゃんがゆううつそうな顔をした。

「うーん……、そうだ！」

いいことを思いついた！

「ルリちゃん、あのね……」

「なになに？」

4-2

くつは くっつけて ならべる

そろエール

ぼくは、てるよちゃんが一人になるのを
みはからって、ノートにいたずらペンで絵をかいた。
　　　　　　　　すると、次のしゅんかん……。

ドドドドド……!!!
たくさんのオニが現れた。
「きゃああぁ〜」

42

「だれか、助けて〜」
「まてまて〜。食べてやる〜」
「やめて〜！」
　てるよちゃんは走ってにげまわった。

「どうしたの？　てるよちゃん」

「あ、強くん！」

「オニがっ、オニが追いかけてくるの」

「オニなんて、どこにもいないよ？」

「えっ、そんな」

　てるよちゃんがふり向くと、そこにはだれも
いなかった。

「オニが消えた。でも、さっきまで、
たくさんのオニがいたの。本当だよ」
「てるよちゃん、ずっとルリちゃんを
追いかけていたから、今度はてるよちゃんが、
オニに追いかけられるまぼろしでも
見たのかもしれないね」
「やっぱり、そうかな」
「うん」

「こわい。追いかけまわされるのって、イヤな
気分なんだね。もうルリちゃんを追いかけ
まわすのをやめるよ」
　　　　　　　「それがいいね」

いたずらペンを使って出てきたオニが、よほど
こわかったせいか、それからてるよちゃんは、
オニの話をまったくしなくなった。
ルリちゃんを追いかけるのもやめたようだ。

「やったね！」

明日はいよいよ遠足の日だ。

「こら、強。それは遠足にもっていく

おかしでしょう。もう食べちゃってどうするのよ」

「へへっ。だっておなか空いたから。それより

お母さん、明日お弁当を作るのをわすれないでよ」

「はいはい。強の好きな物を、ちゃんと入れて

おくからまかせて」

「動物園に行くなら、そりゃ、強は楽しみだな」

「うん、楽しみ。ホワイトタイガーもいるんだって。
それは、今日の図工の時間で作ったんだ」
「ほぅ、よく出来ているなぁ」

「自信作なんだ」
　それからぼくは、晴れますように、と願いながら
てるてるぼうずを作った。

50

「強くん、オイラすごく楽しみだよ」

「天気がいいといいね。ええっと、ハンカチと

おかしも入れてと。そうそう、

いたずらペンとノートもわすれずにもっていかない

とね」

「強くん、明日もいたずらペンを使うの？」

「明日は使わないと思うけど、ねんのためにもって

いくだけだよ」

　今日は2回、いたずらペンを使った。セーフだ。

「おやすみ、ラン丸。いたずライオン」

「おやすみ、強くん」

　ワン！

次の日。

とてもいい天気になった。遠足びよりだ。

集合場所へ行くと、バスがとまっていた。

バスに乗って、動物園に向かうのだ。

みんなも集まっている。

「板図良さーん、こっちだよ」

ルリちゃんが手をふってよんだ。

「Bグループは、バスの席、一番後ろだって。

板図良さん、となりどうしにすわろうよ」

「うん、いいよ」

全員がバスに乗って、動物園に向かった。
「出発進行〜！」

55

「ねぇ、しりとりしようよ」

「いいよ。じゃ、みんなが知っている言葉や物なら
何でもいいよね。最後に『ん』を言ったらダメだよ」

「オッケー。最後に『ん』を言った人は
バツとして、歌をうたうことにしよう」

「いいね」

「やろうやろう」

「じゃ、ぼくから言うよ。『りす』！」

「すずめ」➡「めあじ」➡「じごく」➡「くま」➡

「ママ」➡「マンガ」➡「画用紙」

➡

「死人」!!

ルリちゃんが、最後に「ん」を言ってしまった。

「あー、ルリちゃんが、『ん』を言った！」

「やったぁ」

「ルリちゃん、歌をうたわないと」

「歌ってどんな歌でもいいの？」

「いいよ。うたって〜」

「じゃ、うたうよ」

　Ｂグループのみんなではく手をした。

　ルリちゃんがコホンとせきばらいをして

　　うたいはじめた。

「わたしはじごくバスの運転手。

もう、ずいぶん長いこと。じごくバスの

運転手。みんなをじごくへ連れて行く〜。

じごくの世界へ、さぁ、どうぞ〜。苦しみ、泣き声、

うめき声〜、じごくのそこで〜鳴りひびく〜」

ルリちゃんの歌をきき終わると、みんなは
真っ青になっていた。
　「ル、ルリちゃん。何、その歌」
　「何かこわい歌だなぁ……」
　「その歌詞、ゾッとしたよ」

　「あら、そう？　これはね、
じごくバスの運転手さんが、よくうたっていたの。
ステキな歌でしょ？」

　「え？
じごくバス？」
　「何それ」

「何でもないよ。ちこくバスだよね、ルリちゃん」

　ぼくは、さりげなく話をそらした。

　そんなことをしているうちに、目的地の

にっこり動物園に着いた。

「4年2組のみんな、こっちに集まってください。
グループごとにならんで、はぐれないように
ついてきてくださいね」
「はーい」

63

もうノレール

64

広いな～。ホワイトタイガーはどこにいるかな？

「板図良さん〜見て！　この
ゾウすごく大きいよ」
「うわっ、冷たい」
「あはは」
「いたずライオン、ライオンがいるよ」
ぼくは、こっそり話しかけた。
「強くん、本物のライオンだ！　とっても強そうだね。
オイラびっくり」

66

ぼくは、ふと思いついて、いたずらペンを使って
こんないたずらをしてみた。

「うししっ。ライオンといえば、これだよ！」
「うわぁ、かっこいいね！」
いたずライオンは、気に入ったようだ。

「４年２組のみんな、お昼きゅうけいの時間に
なりました。このしばふのしき地内でお弁当を
食べてください。トイレは向こうの建物ですよ」

「はーい」

　歩きまわっておなかぺこぺこだ。

　しかし、ぼくはお弁当箱を開けたしゅんかん
思わずがっくりきた。

「からあげが入ってない！」

　お母さんめ！　まかせて、なんて言っていた
くせに、ぼくの好きなからあげがないじゃないか。

　まったく。代わりにウィンナーが入っている。

「強くん、わたしのからあげをあげるよ」

「え、いいの？　てるよちゃん、ありがとう」

「板図良さん、わたしのお弁当もどうぞ。
食べたい物をとって。おじいちゃんが作って
くれたんだけど」

「あ、ありがとう……」

「よっちゃんのお弁当、すごい〜」

ごはんに
うどん…

「うちのママ、料理が好きなんだ」

みんなでおしゃべりをしながら、お弁当や
おかしを食べて、あっという間にきゅうけい時間は
終わった。

「はい、みんな。またグループごとにならんで歩いてください。はぐれないように」

「はーい」

待ちに待ったホワイトタイガーの前にやってきた。ぼくは、ホワイトタイガーの実物を見たことが無かったから、こうして目の前で見ることができてすごくうれしい。

ホワイトタイガー
「WHY」とタイガー？と
なぜか聞いてしまう
インドのあたりに
住んでいる

「あれ？　強くん、それ、この前の図工の時間で
作ったホワイトタイガーのねんどじゃない。
もってきたの？」
　てるよちゃんが、ぼくの手にある
ホワイトタイガーを見つめた。

　「うん。今日もってきたんだ。本物そっくりに
ちゃんと作れているか、くらべたくて」
　「本当によく出来ているよね」
　「うん」

それにしても、動物たちは、じっとしていて
あまり動かない。

ぼくは、むくむくと、いたずら心が

わいてきてしまった。どうしよう。

いたずらペンを使っちゃおうかな。

いたずらペンを見つめながらまよっていると、
ルリちゃんが顔をのぞきこんだ。
「板図良さん、どうしたの。もしかして
いたずらペンを使おうとしているの？」
「うっ」
　図星だったので、言いかえせない。
「使えばいいじゃない」
「でも、さっきライオンで１回使ってしまったから」

「3回使わなければ、じごく小学校に連れて
いかないからだいじょうぶよ。あと1回だけ
使えるのだから、使いなよ」
「そうかな？」
「オイラも使っていいと思うよ」
　いたずライオンが楽しそうに言った。
「そうだね。あと1回だけ使っちゃえ」
　ぼくがいたずらペンでノートに絵をかくと……。

動物たちが、さくの中で、
いきおいよく動きだした。

まるで、
サーカス団だ。

「うわぁ、一体どうしたの」

「なんだなんだ」

「おもしろーい」

動物園がさわがしくなった。

「板図良さんのいたずらは、最高ね」

「さすが強くん」

　ルリちゃんといたずライオンにほめられた。

しばらくすると、いたずらペンのこうかは

消えて、動物たちは何事もなかった

ように元にもどった。

もうすぐ、帰る時間だ。

集合時間になるまで、みんなはおみやげ売り場に
よったり、トイレに行ったりした。

と、その時だ。

「うわぁぁぁん！」

小さな子どもが、大声で泣いている。

どうしたのだろう。

「ママー、ホワイトタイガーが見たいよう」

「たっくん、泣かないの。ホワイトタイガーは、きっと今は、おやすみ中なのよ」

「やだやだ〜」

「たっくん、また今度連れて来てあげるから」

ぼくがいたずらをしたせいか、あれから
動物たちはおくに引っ込んで、飼育員さんに様子を
みてもらっているようだ。

　ぼくは、ホワイトタイガーを見ることができて
とてもうれしかった。でも、あんなに楽しみに
していたのに、見ることができなかったら、そりゃ、
がっくりするよ。泣きたくなる気持ちもわかる。

　いたずらペンを使おうか。

　いたずらペンを使ってホワイトタイガーの絵を
かいたら、あの子は、ホワイトタイガーを
見ることができる。

3回使って校長先生の所に行くのは
イヤだけど、それは仕方ない。
でも……。いいのかな。ぼくは考えた。

ぼくがいたずらペンを使って出てきた
ホワイトタイガーは、きっと本来のかっこいい
すがたじゃない。そんなホワイトタイガーを見て、
あの子はうれしいだろうか。

ぼくは、ねんどで作った
ホワイトタイガーをじっと見つめた。
　われながら、本当によく出来ている。
これまでで一番の出来かもしれない。

　ぼくは、たっくんとよばれていた子に思わず

かけよった。

「これ、ぼくが作ったホワイトタイガーだよ。あげる」

「うわぁ、もらっていいの？」

「うん。ホワイトタイガーが大好きなきみに、

もらってほしいんだ」

「どうも

ありがとう」

「強くん、本当にあげちゃっていいの？
あのホワイトタイガーのねんど工作を
すごく気に入っていたのに」
いたずライオンが心配そうに言った。

「いいんだ。今日は本物を見ることができたから、
今度はもっとうまく作れる気がする」

もうノレール

ゴール

楽しかった。また、来たいな。

帰りのバスの中では、みんな静かだった。
歩きまわったからつかれているのだろう。
ぼくもねむい。

　しばらくすると、学校に着いた。
「みんな、今日は良い思い出になりましたね。家に
帰ってゆっくりからだを休めてください」
「はーい」
「板図良さん、帰ろう」

「うん」

「わたしもいっしょに帰る」

てるよちゃんが追いかけてきた。

「えー、てるよちゃんも？」

「何よ。いいでしょう」

今日は、いろんなことがあった

1日だ。きっと家に帰ったら、

すぐにねてしまいそうだ。

「校長先生、今日の板図良強さんのいたずらは
どうでしたか？」
「さすがでしたよ。天才ですな」
「やはり」

「ところで、ホネ山先生、今日はどこかに行っていたのですか？　教室にいませんでしたな」

「お気づきでしたか。じつは今日、ひさしぶりにじごくバスに乗って、人間の世界に出かけていたのです」

「ほう、そうでしたか」

「たくさんの悪人を連れてきましたよ」

「がはははは」

ぼくは、夕ごはんを見てびっくりした。

「ごめんごめん、からあげをお弁当に入れわすれた
おわびにたくさん作ったから」
「多すぎる！」

著者紹介

作 有田奈央（ありた・なお）

1979年福岡県生まれ。
『おっぱいちゃん』（ポプラ社）で絵本作家としてデビュー。
同作で第24回けんぶち絵本の里アルパカ賞を受賞。そのほかの作品に『じごくバス』（作を担当）『トイレこちゃん』（絵を担当、以上ポプラ社）『おならひめ』（作を担当、新日本出版社）などがある。

絵 安楽雅志（あんらく・まさし）

1975年生まれ。広島県育ち。
飲食店の壁画、看板、鳥瞰図、映像など、「ニッポン」をテーマになつかしさとユーモア、迫力ある絵をえがく。作品に『じごくバス』（絵を担当、ポプラ社）、ひげラク商店の名で『カレー地獄旅行』（パイ インターナショナル）『ガイコツ先生のひみつ教室』（毎日小学生新聞）などがある。

じごく小学校シリーズ 3

じごく小学校 いつの世も帰るまでが遠足です!?

発行　2024年3月　第1刷

作　　有田奈央
絵　　安楽雅志
発行者　加藤裕樹
編集　高林淳一
発行所　**株式会社ポプラ社**
　　　〒141-8210 東京都品川区西五反田3-5-8　JR目黒MARCビル12階
　　　ホームページ　www.poplar.co.jp
印刷・製本　中央精版印刷株式会社
ブックデザイン　楢原直子（ポプラ社デザイン室）
校正　　株式会社鴎来堂

作中の絵探しや、迷路は、
答えが見つかるまで
何度でも挑戦してみてね😊
by校長先生

ISBN978-4-591-18122-5　N.D.C.913　95p　22cm
© Nao Arita / Masashi Anraku　2024　Printed in Japan